인공지능이 지은 시

황금알 시인선 212

인공지능이 지은 시

초판발행일 | 2020년 6월 30일

지은이 | 박산
펴낸곳 | 도서출판 황금알
펴낸이 | 金永馥
선정위원 | 김영승 · 마종기 · 유안진 · 이수익
주간 | 김영탁
편집실장 | 조경숙
표지디자인 | 칼라박스
주소 | 03088 서울시 종로구 이화장2길 29-3, 104호(동숭동)
전화 | 02)2275-9171
팩스 | 02)2275-9172
이메일 | tibet21@hanmail.net
홈페이지 | http://goldegg21.com
출판등록 | 2003년 03월 26일(제300-2003-230호)

값은 뒤표지에 있습니다.

ISBN 979-11-89205-66-9-03810

인공지능이 지은 시

박산 시집

황금알

짬뽕집에 갔는데
국물이 하얗다

이게 무슨 짬뽕?

그렇지만 맛있다

시詩에는 꼭
아름다운 언어만을 써야 하나
시와 산문이 구분되어야 하나

산다는 게 짬뽕처럼
뻘겋게도 맛을 내지만
허여멀게도 맛을 낼 수 있지 않을까

IT와 AI가 끊임없이
변신할 것을 강요하는 번잡한 세상에서
쉰 넘어서부터 십여 년 넘게 시를 써 보니
시가 그렇다

차 례

1부

2부

3부

4부

1부

가식

시를 써 놓고 보니

뭔가 있는 척 했다

잘못했다!

시에게 사과하고는

얼른 다 지웠다

닷새 동안 뭐 별것도…

쓰고 찾고 저장하고
듣고 보고 소통하고도
쥐고 있어야 안심
그것도 모자라
머리맡에 두고 잠들기
신줏단지 모시듯
상전도 이런 상전이 없다

내가 주인이어야 마땅한데…
버리자! 이눔을 버리자!
it's 100% impossible!

그럼 이틀만… 아니 하루만이라도

지하철에서
앉고 서 있는 젊은 다수는
이어폰을 끼고 스마트폰에 머리 박고는
구린 입도 안 떼고 문자를 두드리는데
검고 붉고 푸른 옷차림의

내 또래 60대 남녀들은
주위 아랑곳하지 않고
큰 소리로 통화 중이다
공연히 내 얼굴이 붉어진다

독한 맘먹고 닷새를 버렸다

헤어졌다 만난 애인 입술 열 듯 다시 켰다

도심이 싫다고 지리산 자락 사는 W가
짜증스런 문자를 남겼다
−아니 왜 전화를 안 받아?−
도사 되긴 힘든 친구다

자주 소통하는 단톡방 다섯 군데에
−69 28 19 45 39− 로또 같은 두 자리 숫자와
열다섯 군데 개별 톡의 숫자가 보이고
입출금 은행 카드 관련 문자가 여섯 군데
뭔 일이냐? 묻는 카톡과 중복된 문자 몇 개 등등

낄낄낄! 닷새 동안 뭐 별것도 없었다
다음 목표는 열흘 버리기다

나잇값

긴장 속 팽팽한 연장전에서
끝내기 홈런 때린 타자의 환호성보다
고개 푹 떨군 투수의 축 처진 어깨를
보듬어 달래주고 싶다

3류

작은 모임에서 시 얘기를 했었는데
지역 신문을 운영한다는 분이
전화를 주셨다

― 선생님 시 '당신도'를 싣고 싶은데
   저희 같은 3류 지역 신문이….

말 끝나기가 무섭게 대답을 했다

― 에이 무슨 말씀을
   저도 3류인데요 뭐

TQ 지수*

전쟁 후 세계에서 가장 가난한 나라에서 태어났다
먹는 일이 급해 싸는 일은 안중에도 없었다
지금의 대한민국은 어딜 가나 싸는 곳에
아로마 은은하고 모차르트 피아노 협주곡이 흐른다
급한 일을 급하지 않게 오히려 느긋하고 즐겁게 본다
거기다가 무료다
휴지 세제 손 닦는 휴지까지
TQ 지수 10점 만점에 10점이다

잘 사는 나라 못 사는 나라 꽤 다녀봤다
기차가 멈추면 아무데나 뛰어나가 일을 보는 나라도
쭈그려 앉아서 일 보려다 발 디딜 틈이 없어 포기했던
나라도
컴컴하게 열린 공간에 지독한 암모니아 냄새로 코를
막고는
밤 고양이 눈에 불 켜듯 반짝이는 담배 불빛과 연기 자
욱한 채
서로 빤히 마주 보고 일을 봐야 하는 나라도 가봤다
나라가 가난하니 이해가 갔다 우리도 그랬었으니까

그렇지만 TQ 지수 제로다

세계에서 가장 잘 산다는 EU 국가들은 정말 이해 불
가다
뚱뚱하고 인상 험한 아주머니들이
지하철역 고속도로 휴게실 유명 관광지 등의
비좁은 화장실 문 앞에서 떡 버티고는 돈을 받는다
동전 투입구로 급한 일을 막아 짜증을 유발하기도 한다
0.5유로 받아서 뭐 얼마나 더 잘 살려고 그러는지
우리 속담 '있는 놈들이 더 한다'는 말이 맞다
TQ 지수 10점 만점에 6점도 주기 아깝다

* TQ 지수: 박산이 만든 화장실 지수(Toilet Quotient)

바람 소리

새벽 6시 어둠 속 가미호로소* 야외 온천탕
제 몸 몇 배의 눈덩이 무게를 이기지 못하는 소나무들이
부러진 가지들조차 쉬이 놓아주지 못하고 바람을 부르
고 있다

산악스키 전문가라는 가슴 털이 복슬복슬한 스웨덴 청
년과
뽀얀 김 서린 욕탕에 어깨까지 푹 담근 채로
그가 경험하고 있는 일본 얘기를 듣고 있다
한국은 어떤가 하고 물어와
이렇고 저렇고 몇 마디 대꾸하는데
바람이 던진 커다란 눈덩이 하나가
소나무 꼭대기로부터 날아와
김 서린 온천탕 우리 머리 위를 퍽! 하고 덮쳤다

머리 위 눈을 툭툭 털어내던 청년은
솟구치는 새벽의 힘을 주체하지 못하겠는지
덜렁거리며 벌떡 일어나더니
스트레칭으로 물장구치며

"Today will be good job! fine…"
신바람으로 오늘 펼쳐질 스키트레킹의 설렘을 말하고
있는데
눈 덮인 산속 새벽이 깨지는 풍경에 심취한 나는
건성으로 맞장구나 쳐줄 요량으로
"right!" "sure!"
고개를 끄떡이며 짧게 말하고 있다

다시 또 싸한 바람이 더 큰 눈덩이를 몰고 와
욕탕을 어지럽히고 지나간다
코끝이 시리고 뺨이 얼얼해 왔다
뜨거운 물로 눈을 씻어 내며 나도 모르게 중얼거렸다
"The sound of wind is sometime soft and
sometime it is not"

청년이 하려던 말을 멈추고 물끄러미 날 쳐다보더니

"Whose poem?"
소나무가 보낸 바람과 눈이 다시 내 얼굴을 세차게 때

렸다

"It is my poem now written by me. I am poet."

"Really?⋯."
생존 본능의 소나무들은 쉬지 않고 바람을 불러 제 몸
무게를 가볍게 하고 있는 중이다
바람은 계속해서 윙윙 큰 소리로 울고 있다

* 가미호로소: 일본 북해도 대설산 토카치다케 계곡에 있는 호텔. 영화의 스
  크린을 앞에 두고 있는 듯한 야외온천탕의 그림 같은 풍경으로 유명하다

시대착오anachronism

춤추는 숫자들이 무덤 위를 떠돌다
새끼가 또 새끼를 쳐서 이룬 무리들이
부딪쳐 고꾸라지고 바로 서길 반복하다가
숲을 지나 들로 강으로 도심으로 진출해서는
칙칙하거나 부정직함이 사라져 가는 세상임에도
불평등의 불편한 관습이 이미 퇴보했음에도
천생이 밝은색을 못 내는 한계를 꼭꼭 품고는
앞은 외면하고 그저 잿빛 환영만 들여다보다가
기후가 준 유전자 변형의 영향으로
몇몇 이기적 물상들은 용케 변신했지만
고집 센 일부가 아직도 남아
죽을 死를 4와 같다고 우기고 있다

팬데믹에도 봄날은 간다

알을 깨고 나온 노란 병아리처럼 산수유가 꼼틀거리고, 징검다리 스치는 개울 소리는 봄 봄 봄! 을 외치고, 저만치 왜가리는 머리를 깊이 담근 채 물질 중이고, 진달래는 폭폭 기지개를 켜는 중이다

흑사병이 지구를 휩쓸었던 14세기에도 봄은 아마 이랬을 거야, 인간사 세상이야 어찌 돌아가든지 그 세상의 인간들이 죽든 살든 알 바 없이 꽃은 피었을 거야, 20세기 카뮈 역시 소설 〈페스트〉의 주인공 리외를 통해 전염병에 죽고 살아난 사람들에 때론 체념으로 때론 사랑으로 순응하며 적어도 이건 신의 문제가 아니라는 암시를 주었었지

우리 동네 야트막한 산등성이에 매화가 무리지어 아름답게 피어 있는 길, 복숭아 농원에는 도화꽃이 몽오리 내밀고 길섶에는 민들레 별꽃 냉이꽃 모두 좋아라 고개 쳐들어 나 좀 보아 달라는데, 반복되는 방송에서는 코로나바이러스 코로나바이러스, 마스크 마스크, 손 씻고 손 씻고, 또 팬데믹 팬데믹, 물론 공포는 꽃들의 일이 아닌

인간의 일이고 봄도 어찌 보면 꽃들의 일이지만

어쨌든 잔인한 팬데믹 팬데믹에도

꽃 피고 새 우는 봄날은 간다

하늘 본 지가 언젠데!

큰 섬에 붙은 작은 섬 뒷동네
다 해 봐야 대여섯 가구 사는 마을
갈대 하늘대는 둑방 아래 논길 걷다가
야트막한 언덕 아래 작은 포구를 만났다

파랑에 엎어질 것 같은 배를 부두에 묶어 놓고
그물 손질 중인 예순은 족히 들어 보이는 부부에게
앞 섬 이름 이것저것 묻는 여행자의 말 붙임이 싫지 않
았던지
마시던 깡소주 한 잔을 건네며
살아온 이력을 판소리하듯 들려주는 데
재밌다!

스무 살 때부터 고깃배를 탔고
스물여덟에 두 살 많은 (지금 옆에 있는) 이 사람 마누
라 만나
삼십 년 넘어 같이 배를 타고 있는데
하늘 보고 만든 아들 이름이 天식이고
별 보고 만든 딸 이름이 톨순이란다

평생 배를 두 개 타고 사는 인생을 아느냐 묻는다

고깃배는 몇 번 바꾸었는데
다른 한 배는 아직 못 버리고 있다고

이 너스레를 고스란히 듣고 있던 아내가
무심한 듯 툭툭 뱉어내는 걸진 말들을
쏴! 하고 밀려왔던 파도가 쓸고 갔다

하늘 본 지가 언젠데 입만 살아 저리 헛소리야!

SANSUNG

비엔나에서 헬싱키 가는 아침 비행기
옆자리 서류 가방에 넥타이 차림 청년과
미소로 눈인사를 나눴습니다

30년 세일즈맨 생활을 했던 저는
한눈에 척 세일즈맨임을 짐작했습니다

부산하게 스마트폰과 노트북을 켜더니
스마트폰에 있는 자료를
노트북에 자판을 두드려 입력 중입니다
얼핏 노트북 화면에 보이는 게
'Account Holder Account'
거래처 매출장입니다

노트북을 닫아 가방에 넣더니
이번에는 얇은 태블릿PC를 꺼내
또 무언가의 문서 작업을 계속합니다
Quotation, Price….
저와도 친숙했던 단어들이 보입니다

열심히 일하는 세일즈맨을 보는 일도
세일즈맨 출신으로서 즐거운 일이었지만
이 친구가 사용하는 모든 기기가
SANSUNG 제품이라는 게
한국인으로서 흐뭇했습니다

한마디의 말도 건네지는 않았지만
마음속으로는 Thank you! 했지요

사실 SANSUNG과 저는
아무런 연관이 없는데도 말입니다

내 마누라도 그래

행세깨나 했던 자리에 있던 친구가
소주 몇 잔에 불콰해진 얼굴로
약간은 꼬인 혀로 말하길

"이 세상에서 말이야 내 마누라만큼
 날 우습게 보는 여자는 없어"

여기에 토 달고 섭섭함이 더 붙어
실실 얘기가 늘어지는데
게는 가재 편이랍시고
맞장구치며 내가 하는 말

"내 마누라도 그래"

응!

뜬금없이
얼핏 떠오른 벗에게

밥 먹자
술 마시자

톡톡 던진
문자에

왜?
어디서?
누구랑?

이런 호들갑 없이
짧지만 정겹게

응!

러브텔에서 만난 여인

해가 서산에 걸린 오후 네 시쯤
남쪽 큰 도시 한복판 그중 키가 제일 큰 모텔
키-박스가 걸린 좁은 엘리베이터 6층에서 만난 여인
고개를 푹 숙인 채 벽을 향해 묵언수행 중
혹여 실례될까 내 숨소리도 눈치 중이다

힐끗 눈에 들어온 그녀의 꽉 끼는 옷차림이 놀랍다
붉고 노란 색 섞인 7부 바지 가슴 조이는 상의
손에 꼭 쥔 바이크헬멧 안의 파란 장갑 손가락들이 곁
눈질한다
카운터 문 나가자마자 알록달록 갈라진 천 뒤로 숨어
있는 주차장
주차된 몇 대의 차 번호판들도 눈 가리고 힐금거리고
있다

이 사이를 지나며 검은 안경 헬멧에 장갑을 끼며
저만치 담에 기대둔 자전거를 고양이 걸음으로 끌고
나간다
헛도는 페달과 두 바퀴는 서로 모르는 사이 같다
그녀의 등짝이 작아지며 거리로 사라졌다

강아지와 노인

아파트 엘리베이터 안
털이란 털은 싹 밀어내고
꼬리털만 달랑 남은 흰 강아지
머리에 빨간 리본 두르고
진한 향수 내음이 좁은 공간에 진동
떨어질세라 가슴에 꼭 품은 젊은 주부
예뻐 죽고 못 산다
까만 눈에 대고 쉴 새 없이 중얼거리며
부산하게 입 맞추고 손발 주무르다
1층 문이 열리자
총알 같이 튀어 나갔다

뒤 따라 나가던 노인이
못마땅해 투덜거려 뱉어낸 소리들이
곧 닫힐 엘리베이터 바닥에 나뒹굴고 있다

"부모에게 저거 반이나 할라나!"

세상에 덜 미안하기

얼마나 분별없이 마셔댔으면
위장이 헐고
얼마나 허겁지겁 먹어댔으면
당뇨에 걸리고
얼마나 이기적 잔머리를 굴렸으면
혈압이 높아졌을까

전쟁 끝 가장 가난한 나라에서 태어난 사람이
주제 파악도 못하고 덤벙덤벙 살다
예순이 넘어서야 겨우 가쁜 숨 가라앉혀
주위를 찬찬히 둘러보는 여유의 한순간에
익숙했지만 새롭게 눈에 들어오는 많은 장면들
아파트 늙은 경비원 책상 위 두툼한 약 봉투
허리 굽은 할머니가 미는 종이 박스 실은 리어카
종묘 담장 무료 급식 천막 앞에 줄 선 후줄근한 등줄기들

풍요롭다 못해 넘쳐 보이지만 상대적 빈곤들이 널려
있다
이타利他를 외면하고 살아온 나태에 대한 반성

배부르게 먹지 말자
취하게 마시지도 말자
이것만 지켜도 세상에 덜 미안할 것 같다

스테이크 먹기 대회

고기에 한 맺힌 민족의 절규답다

신랑 신부 혼주도 알 바 없고
빵 몇 조각 곱씹고'
어설픈 칼질에 썰린
스테이크 붉은 속살이 질기다
잔칫집인데 잔치 술을 마셔야지
맥주에 소주를 부어 딱 석 잔씩만 하려니
안주가 없다
다소 비굴한 얼굴로
고기 몇 덩어리 더 청하자
싸가지 없는 젊은 웨이터
일언지하에 안 된단다
머쓱해진 늙은 하객들
"허 참! 이거 잔칫집 와서 술 굶고 가네"

잠시 후 신랑신부 대동하고
활짝 웃음으로 폼 잡고 온 혼주
맘에도 없는 상투적인 인사말

"차린 거는 없어도 많이들 드세요"

("먹을 게 있어야 먹지?")
스테이크 먹기 대회는 싱겁게 끝났다

버킷리스트

'죽기 전에…'로 시작하는 것들이
나이 듦을 빙자해 설렁설렁 비집고 들어와
폐부를 콕콕 쑤셔 욕망을 벌떡벌떡 일으키지만
올해는 꼭
내년엔 꼭
해 뜨듯 약속했다
해 저물 듯 사라졌다

궁핍한 내 경제를 탓해보다가
옹졸함에 구겨진 과단성
살살 달래 펴놓고

속 트인 오랜 친구 A와
산속 오두막 하나 얻어
막걸리 한 말 개울에 담가두고
암탉 실한 놈으로 몇 마리 푹 고아
한 사흘 먹고 마시다 잠들기
이걸 약속했다

2부

불목하니

태어나길 머슴 팔자인 줄 모르고
고운 입성에 에헴 몇 번 했던 게 무슨 큰일이었다고
누군가 도끼질로 힘들게 패서 때 주는 장작불에 콧노
래로 군불이나 쬐고
누군가 가마솥 쌀 일어 정성으로 지은 밥을 제 입 잘나
먹는 줄만 알고는
누군가에게는 더럽다 치워라 비질을 당연시 명령하고
살다가
알량하게 가진 밑천 여기저기로 다 새나가고 몽땅 털
려서는
속내 발랑 까발려져 결국 덜렁 불알 두 쪽 남았는데도
못 살겠다 늘어놓는 신세타령에 앓는 곡소리
웃기는 소리 마라 남들 비웃는 소리가 귀로 들어 머리
를 찧는다
뒤늦게 찾아온 머슴의 회한
늦었지만 어쩌겠나! 그나마 깨달았으니 다행이지
못난 자신 위한 속죄의 절집 하나 가슴에 지어
도끼질도 해야지 밥도 지어야지 비질도 해야지
비나이다 비나이다 불목하니 되어야지

무진無盡

무진 애를 쓰고
간다고 갔는데
고작 여기 밖에
무진 애를 쓰고
온다고 왔는데
살펴보니 제자리

예상치 못했던 충격에
뒤뚱거리다 쓰러졌던 날들
무진 안쓰러운 진행형들
후회 참회
티끌세상 아수라장

그러다 깨달은 거
이 사람이 저 사람이
내 얼굴만 보는 게 아니라
내 발뒤꿈치도 본다는 사실+현실
무진 애만 쓰다 알게 된 허무

인공지능(AI)

볼 것만 보고 싶은데도
복합 괴물 IT란 것이 싫은 걸 자꾸 보여준다

돈이란 놈도 기계를 핑계로
자유를 추구하는 내 뇌의 태엽을 감는다

내장의 부속이 떨겅거리는 나는 내가 아니다
그도 그가 아니다

꽃 피면 반기고 골목 안 아기 울음소리를 좋아했었다
열린 창으로 들어온 하늘을 안는 일상이 익숙했었다

손을 흔들고 다리를 규칙적으로 움직이며 인간인 양
하는 꼴이 싫다

내가 내 몸을 사용하는 게 아니라 기계가 날 조종하고
있다

머지않아 내 생각도 정복될 것 같고 내 시도 그들의 시

종이 될 것 같다

방에도 거실에도 거리에서도 내 손아귀에서도

기계가 싫은데 자꾸 기계가 되어가고 있다

한결같은 이가 좋다

순간의 흥취였는지는 모르겠지만
미소 가득 머문 얼굴로 다가오더니
차츰차츰 알아갈수록
사귀는 시간 무기 삼아
언제 그랬냐는 듯
매사 이리 재고 저리 재고
책임은 살살 피할 생각만 하고
제 주장만으로 핏대 세우다가
걸핏하면 혼자 삐치고 혼자 토라지고
궁지에 몰리면 어설픈 핑계로 얼버무리는
어제와 오늘이 너무 다른 이

난
오고 감이 한결같은 이가 좋다

토막잠

오르막 내리막 순간을 헤매다
간단치 않은 인수분해를 거쳐
'=' 답을 산정하는 순간
갑자기 날아온 노랑나비
낯설고 엉뚱한 색깔들을
휘휘 저어 살살 잡아 손아귀에 쥐고는
하얀 도화지 한 장 구해 여기저기 칠하다가
하늘색이라 칠해 놓은 빨강에 나른해져
고이 가슴에 차악 담으려는 데
9,1,3,7,4,8,2,6,0,5 따위의 숫자들이
제멋대로 시끄러운 조합을 하는 통에
이제껏 얌전히 팔베개 얕은 코 고는 소리가
불규칙하고 알아듣기 힘든 잘못된 음성으로
식은땀을 동반한 채 잠을 토막 냈다

부부유별

한 사오 년 전부터
그냥저냥 각방을 써왔던
예순 줄 부부
어쩌다 여행 떠나
어쩔 수 없이 한 침대 누웠는데
아내도 불편하고
남편도 편치 못해

바닥에
이부자리 하나 더 깔았다

바보 일기

긴 대못 하나 구해
풍덩 뛰어든 바다에서
허투루 휘두른 손 못질에
눈먼 넙치 한 마리가
퍼덕거리며 찔려 나왔다
얼른 재수財數 챙겨 잡아채야 했는데
어쩔 줄 모르고 헤벌쭉거리다가
결국 놓쳐버렸다
퍼덕거리던 손맛을 잊지 못하고는
날 새도록 바다에 손 못질이다
헤벌쭉 다시 웃기는 어려운 일이다

시인처럼 말씀하시면…

비뇨기과 전립선 진료 중

하루 8~12회 정도 소변
평상시 요의는 참을 만은 하고
과음 피로 시 뭔지 모를 하복부 불쾌감…

어쩌구저쩌구 내 깐엔 환자의 도리를 다해
스마트 폰 꺼내 사전 메모한 증세를
열심히 그리고 진지하게 설명하는 데

말을 뚝 자르면서 하는 말

시인처럼 말씀하시면
의사는 알아듣기 어렵구요
검사하면 다 나옵니다

내가 시 쓰는 줄 어찌 알지?

나의 탄탈로스

코앞, 손에 잡힐 듯했었지만
결국 사라져 버렸던 것들에 분憤함을
―인내는 쓰고 열매는 달다―
자위하고 버텨 온 쓰디쓴 나날들
갈증은 여전하지만 익숙하고
기회를 채 간 바람에도 증오는 없다

하지만…….

적어도 내가 보기엔
사악하고 부정한 저 사람이
비웃듯 날 보고 팔자 좋다는데
제우스가 모를 리 없는
인과업보는 평등하다는
삼척동자도 다 아는 진리를 믿는다
나의 탄탈로스가 지금 그러하듯이

곡선曲線과 어둠을 찬하다

북악산 자락 북촌 사는 하이데거와 데카르트에게
노들나루 사는 사르트르가 호롱불 들고 가서 절을 했다

어둠에 구불거리고 꼬물거리는 건 다 하찮다
반듯하게 쪽 곧은 건 투명한 삶의 근본이다

어둠 속에서 내가 잉태되었다는 사실을 망각하고
밝은 빛에서만 생산된다고 여기는…

정의라는 명분으로 주입된 직선의 개똥철학을
절대적 불변의 진리라 믿고 살아가는 측은한 대중들

너무 맑은 물에는 물고기가 살 수가 없고
포물선을 그리며 나는 새가 아름답다

밤에 피는 꽃이 사려 깊은 여인임을 안
스티브 잡스도 골목만 요리조리 다녔다

앞만 보고 오래 걸었더니 많이도 왔지만

어디를 지났고 무얼 보았는지 기억에 없다

강은 실개천 품어 굽이져서 아름답고
산은 크든 작든 기괴하고 묘하다

곡선은 위대한 창조를 만들어 냈고
어둠이 주는 사고思考는 인류를 이끌었다

내가 낸 길

자주 다니는 뒷동산 숲에
사색을 위한
나만의 길을 냈습니다

가시덤불을 잘라내고
풀 뽑는 일이
여간 성가신 게 아니지요

하루 두어 시간씩
닷새에 걸쳐 장갑 낀 손노동으로
한 쉰 걸음 정도의 길이 났습니다

호젓하게 들어 있다가
모기에게 수없이 물렸지만
다람쥐도 만나고 새 소리도 듣고요

한 해가 지났습니다
두 해도 지났습니다
백 걸음 정도로 길어졌습니다

혼자 다니는 길이
영원히 혼자일 수는 없겠지만
이백 걸음을 원치는 않습니다

노란 숲에 난 두 갈래 길에서
이 길 저 길 망설였던 시인을 뵌다면
직접 길을 내시지요? 말씀드리겠습니다

지금도 나는
숲을 보고 있습니다
어디에다 나만의 길을 또 낼까

Republic of IT

세상은 IT 공화국의 지령으로 움직인다
인종과 언어가 다른 지구촌 곳곳에서
구글 맵의 지령으로 자동차는 움직이고
각각의 언어는 내비게이터에서 숨어 산다
언어를 능가하는 아방가르드 적 소통 역시
전천후 ON 촉각을 감춘 채
포켓 와이파이 속에 숨죽여 살고 있는
삼성 반도체가 도맡아 실행 중이다

* 외국에서 초행길 렌터카는 IT공화국 구글 맵 장군의 지시와 한국어과 내
  비게이터 장관의 공조 그리고 게으르지 않은 와이파이 무전병의 노고로
  굴러간다. 이들이 없다면 북극성이나 쳐다보며 가야 한다. 사막의 한 마
  리 낙타되어⋯

시詩의 마케팅학 개론

시집 팔아 돈 벌 생각이면
한쪽을 극렬極熱하면 된다

좌左든 우右든
교회를 다니든
성당을 가든
절집을 찾든 간에

그 집에 열렬 악대樂隊를 시詩로 만드는 거다
트럼본시 호른시 클라리넷시 피콜로시
작은북시 큰북시 등을 조합하여
쾅쾅 울려대며 소리도 크게 지르고
음에 자주 악센트를 자주 집어넣고는
시인도 어릿광대춤을 덩실덩실 추다 보면
호른시 한 구절이
큰북시 한 구절이
패스트푸드의 중독성 강한 맛처럼
우상의 나팔 소리로 빵빵 울려 퍼진다

이게 뭐지?

궁금함을 못 참는 시대의 조급증이
SNS 스피커로 증폭되다가
급기야 힙합의 중얼거림으로
연속극 대사 한 줄로
아이돌스타의 인스타그램 한 줄 낙서로
어떤 시집이지?
시인이 누구지?

시집이 팔리기 시작했다
시의 마케팅이 성공했다

시인의 고뇌 따위가
돈이라는 유형으로 보상 되는 순간이지만
독야청청하다는 시의 자존심을 상실하고도
슬픈 줄 모르는
슬픈 시인의
웃는 모습을 보는 일도 슬프다

단, 이 짓거리도
어설프게 하려면 안 하는 게 낫다

시장은 확실하게 줄 설 것을 이렇게 요구한다

넌 어디냐
어디 소속이냐
지금 누구에 붙어 있나

자기 이외의 것들과 타협하는 순간
시는 시가 아니다

고백

간절한 바람으로 치성드리는 일에도
주저 거리며 살아온 인생입니다

용감했던 순간보다 비겁했던 순간이 많았습니다

종鐘의 울림 정도는
그저 일상의 익숙한 음악으로 들렸고
신을 무시하지는 않았지만
그렇다고 종교를 신봉한 적도 없습니다

돈에는 치사하리만큼 처절했고
여자에는 유치하리만큼 내숭을 떨었지요

얼굴이 화끈거리게 더 뻔뻔했던 건
소소한 것까지 챙기는 무한적 이기심에도 불구하고
어디선가 좋은 무엇을 가지고
내게 누군가 올 것이라는
가당찮은 기대감입니다

목적에 이르지 못함이 불러온 불만이 컸지요

겸손이나 겸허 따위의 고상한 언어들을
애써 강에 버리면서 살아온
위선적 세월이 얼마인지 모릅니다만
지금은 순정이나 순수
이런 단순한 단어들을 생각하고 있습니다

잃어버린 내 고향
한강 철교 아래서 발가벗고 물장구치던
이름도 가물가물한 아이들
국영이 유신이…

부정직의 유전자들을 변모시키는 증거인
희어지고 가늘어져 가는 육신의 모든 털들

이 모든 고백의 상대가
결국 자신이라 느껴지는 사실이
다행이라면 정말 천만다행입니다

버림받은 남자

만산홍엽 가을 진 지 언제인데
자신만이 푸른 여름인 줄 안다
밥 한 끼 변변히 얻어먹지도 못하면서
저 잘난 맛에 부리는 성질이 공허하다
쉰 줄에야 그냥저냥 주위 눈치로 봐 주었지만
예순 줄 넘어서는 눈 씻고 찾아도 봐 줄 게 없다
불행한 건 본인만 모른다는 거다
겨울이 코앞인데도 여름 타령이다
흘러간 유행을 좇는 건 불행이다
육신 여기저기 힘 빠져 가는데 유독 입만 살았다
타협의 방법을 누군가 친절히 알려주어도
들은 척 만 척 혼자만의 알 수 없는 자신감!

아무리 큰소리쳐도 아무도 반응이 없다

움직이는 그림

가뭇없던 그 그림이
다시 나타난 건 그리 오래된 얘기가 아니다

노랑, 파랑, 딱 집어 정확히 말하라고 종주먹을 들이
대면
더 당황스러워져서 표현하기 어려운 색깔
푸른빛에 잿빛 섞인 바탕이라고나 할까
색 바랜 똥색 테두리의 액자를 뉘어 놓고
쌓인 먼지를 입으로 풀풀 불어 내고는
외눈 박힌 도깨비 손에 든 빗자루로 탁탁 털어냈다

대청마루 섬돌, 마당 한 귀퉁이에 절구통이 놓여있다
녹색 페인트 듬성듬성 벗겨진 대문에 붙어있는 담장
쇠창살을 타고
긴 얼굴을 가장 슬프게 한 삐쩍 마른 수세미 하나가
손대면 바스락 부서질 것 같은 잎사귀 몇 장에 얽히어
걸러있다
전봇대 거미줄 같이 엉킨 전깃줄에서 용케 뻗어 나온
한 줄에

흰 배를 드러낸 제비 한 마리가 앉아있다
아버지 같은 누군가가 보일 것 같은데 아무도 없다

그림 속 움직임이 포착됐다
우선 바람이 추녀 위로 불었다
툭 불거져 나온 사랑방 문풍지가 살짝살짝 움직이기
시작했다
그림 위쪽에 보이던 뭉게뭉게 구름 몇 점이 은은히 사
라지더니
고흐같이 생긴 귀에 붕대를 한 화가가 그림자를 데리
고 나타났다
붓도 쥐지 않고 노란 물감을 화난 듯 뿌리고 갔다
순간 그림이 망쳐질까 걱정이 되었지만

제멋대로 퍼지고 색을 달리하더니
한참을 저녁 붉은 노을이었다가
깜깜 어둠을 몰고 와서는
노랗고 둥근 별 점을 무수히 찍어 놓았다
반짝이는 것들이 처음 보는 듯 마냥 신기했다

기억은 불분명했지만 그동안 해 온 습관 같은 기다림으로

  샛별로 다가오는 푸른 새벽을 당연히 기대하며 스르르 잠을 청하려는데

  익숙한 얼굴의 노시인 한 분이 그림자를 데리고 마당을 쓸고 갔다

  다 쓸어내지 못한 짠하고 슬픈 시 같은 단어 여남은 개가

  바람을 타고 여기저기 흩날리더니

  제각각 구석을 찾아 촘촘히 박히는 순간

  그림의 모든 움직임도 멈추었다

  움직였던 그림을 굳이 기다리지 않을 작정이다

  오랜 세월 벼르고 별러서 찾아온 그림은 나를 떠나지 않을 것이고

  그림은 그림자를 그리는 순간 움직이게 되어있다

  한 번 더 생각해 보아도 과거는 기다리는 게 아니다

긴장 관계

아들놈 카카오톡 소통하다
카카오스토리 친구 되니
며느리도 친구
딸도 친구
사위도 친구
얼떨결에 며느리 친구도 친구
사위 친구도 친구
… … …

우연히 들여다본 며느리 카카오스토리 친구 댓글 —

'야! 니 시집 어른들 오시면 우린 긴장관계다'

하늘이시여!
주책없는 이 사람은 어찌하오리까

호라티우스를 꿈꾸며

하루하루를 사는 게 다 전쟁이지

밥벌이 핑계로 내던져진 육신
미끈한 자동차
붉은 입술과 하이힐이 어울리는 애인
건성으로 웃어주는 甲들

이 전쟁에선 무조건 살아내야 한다
생존을 위해 몰래 품고 있던 칼을
아우구스투스 황제를 위해 뺐다

벤츠 트렁크에 있던 명품 골프채가
때론 마구잡이로 부수는 도구로 변모했고
기세등등하던 甲이 불쌍한 乙 신세가 되었다
전쟁으로 죽어가는 사람 역시 부지기수다

쉬익 바람을 가르는 칼 소리가 익숙해지고
시간을 충실히 버티는 중 전쟁이 잠시 멈췄다

어깨 부서지고 머리 깨져 터져 나온
회복 불가할 상처가 쓰리고 아팠는데
갑자기 하늘이 행운을 내려주었다
나의 부자 친구 마이케나스!
그가 준 대지에 큰 집을 짓고
아름다운 정원을 가꾸고

산해진미에 달콤한 술을 정신없이 마셨다

다시 찾아올 전쟁의 공포는 생각하지 말자

내일보다는 오늘이
다음보다는 지금이

이 순간이 행복이고 전부다
아우구스투스 황제에게 충성을!
사랑하는 나의 벗 마이케나스에게 영광을!

꽉 찬 지하철 사람에게 떠밀리고 치여 앙다문 신음 소

리를 내며

펑 쏟아져 나왔다 다시 들어가는 일상이 반복된다

빌딩 숲에 부는 칼바람에 댕강댕강 모가지 떨어지는
소리가 들린다

광속의 무한 전파에 실린 무수한 음모들은 어떤 소리
조차 없다

형무소 문을 나오는 패잔병들은 억지웃음을 짓는다

모두 전쟁에서 돌아온 호라티우스를 꿈꾼다

카르페 디엠!

부속품 UP6070*

원래 난
빽빽한 회로기판에
꼭 끼어 있었다

호흡조차 공동 규칙이었던
이 배치를 벗어난다는 건
죽음, 바로 그것이었지만
어느 날 나만 쏙 뽑혀 버려졌다

불에 태워지려는 순간
천운이 내게 내렸다
재활용이란 한물간 유행가로
태그 위의 넘버링은 'UP6070'

가까스로 이어진 전설 같은 생명이었지만
죽을 듯한 외로움이 준 조급함으로
다시 끼어들 회로기판이 절실했다

얼마의 기다림이었을까

녹슬어 부서진 부속품 하나가
바람에 날려 사라진 빈자리가 났다
있는 힘 다해 냉큼 끼어들고 보니
상하좌우가 삐뚤빼뚤 헐렁하다

나도 여기서 녹슬고 부서지는 중이다
통증을 견디기 쉬운 일은 아니지만
외롭고 그리움에 떨어야 하는
그 지독한 몸부림의 아픔보다는 낫다

옆에 붙은 부속품에 감사의 말을 건넨다
"Thank you for staying by your side!"

* UP6070 : UP는 Used Part의 약자고 6070은 인간의 물리적 나이 숫자
다.

3부

지게

내 등에는 꼭 붙어 있는 지게 하나 있다

아침 햇살을 지게에 진 날들보다는
비바람에 구르는 돌들 져 나른 날들이 많았다

대낮의 노동으로 거품 같은 재화를 구축할 때는
뒷덜미를 무겁게 짓누르는 고통이 뭔 줄 몰랐고
지게의 슬픔 따윈 생각지도 못했다
당연한 얘기지만 밤이 주는 평온을 몰랐다

지게가 신음하기 시작한 건 예순이 넘어서다
단 한 번도 지게의 소리를 들어 본 적은 없지만
그가 아프니 나도 아팠다
일심동체였음을 까맣게 잊고 지내 미안했다

가벼운 것만 지기로 했다

떨어지는 꽃잎
스쳐 지나는 하늬바람

서산에 걸린 붉은 노을
나뭇가지에 앉은 달빛 미소
샛별이 주는 새벽의 상쾌함

유전遺傳

관악산 산행이 하루의 첫 일과였던 늘그막 아버지
친구로부터 걸려온 따르릉! 첫새벽 모닝콜
서울대 입구 어디서 만나고 오늘 누가 온다 했고
아침은 어디서 먹고 찻집은 어디로 가고……
통화 중에 간간이 들리는 목 칼칼한 아버지 웃음소리
등산복 약수통 배낭 챙기는 분주한 어머니 치맛단 소리
대청마루 서까래에 붙어 있던 고요가
시나브로 쪽마루 타고 쫓겨나
건넌방 거쳐 아랫방 문풍지를 붕붕 뚫더니
끝방에서 곤히 자고 있는
내 이불깃에 들어 부서졌다

아버지 소풍 떠난 지 수십 년이 지난 지금
'시 쓰네!' 하는 그럴듯한 명제로 새벽 맞는 나는
시 몇 줄 긁적여 새벽잠 사라진 벗들과 문자질이고
오늘은 무얼 하고 누굴 만나고 무얼 먹을지
아버지보다 더 많은 새벽 수다를 떨고 있지만
대청마루 서까래도 쪽마루도 문풍지도 없는
콘크리트 아파트 속에서는 깨질 고요조차 없다

천둥벌거숭이

아무도 없는 곳에서
한 사나흘
쌍시옷 섞어
소리소리 지르고
물 텀벙 술 텀벙
밤낮 구분 없이
지닌 것 입은 것 싹 떨어내고
그냥 덜렁거리는 대로
활개 쳐지는 대로
땅 보고 걷고
하늘 보고 눕다
구름 보고 속삭이다
별 보고 노래하다
달 보고 흐느끼다 스르르 잠들고
비 오시는 소리에 뛰쳐나가 다니다
말간 생각 그득 채워지면
그때 다시
서울의 지하철을 타고 싶다

무위 3

곧장 앞으로만 가라고 배워 살았는데
살다 보면 그게 어찌 그리 쉬운 일이던가
휘고 꺾이어 부러지기 일보 전에야
겨우 목숨 건진 게 몇 번이었나
하늘 계신 울 아부지도 그랬겠지
깔린 양탄자 밟고 사는 인생 몇 되나
목구멍 꿀꺽꿀꺽 타고 넘는 막걸리같이
들어가 타고 흐르고 내려가다 보면
오줌 되고 똥 되고 뭐…다 그러는 거지
이쪽 길도 저쪽 길도 살피다가
오던 길 뒤도 한 번 돌아보고
힘닿으면 닿는 길을 가야지
비가 오시려나
눈이 오시려나
어여 오시길!
씻어주시고 덮어주시게

도시형 조급증환자

슬로시티에 가서

슬로푸드를 먹고

슬로워킹을 하러 갔는데

시설 좋은 한옥 펜션에서 자고

맛있는 회만 찾아 먹고

시간 딱 맞추어 걷고

더 많이 보고

더 많이 얻어가려는 욕심에

연신 스마트폰질이나

구름숲

하늘 걷다 만난 바람에 떠밀려
이리저리 헤매다 구름숲에 들었다

풀과 나무는 유동적이다
사이사이 개울도 흩어졌다 다시 모이고
물고기도 구름 타고 날아다녔다
부리가 무뎌진 독수리가
순간의 유체流體 변형으로 참새가 되었다
얼핏 무질서한 작은 움직임들로 보이지만
한낮은 평화이고 밤은 고요다

작은 바람을 시작으로
조그맣고 동그란 물방울이 하나둘 맺혔다
희고 검음이 없어져 낮과 밤이 사라졌다

개구리 몇 마리가 노래를 부르기 시작했다
조용하던 새들도 따라 불렀다
생명을 지닌 것들이 북을 울리기 시작했다
소리가 점점 더 커졌다

때론 불협화음으로 들렸지만
숨차 쓰러질 듯 찢기는 보컬보다는
전기 기타의 긴 울림이 지배하는
락페스티벌이련 했다

익숙한 지상의 그림이 어른거리는가 싶었는데
모든 게 꿈 같이 사라졌다 다행이다

하늘을 다시 걷는 중이다

인공지능이 지은 시

소월 시집과
미당 시집과
이생진 시집을
인공지능에 몇 권 읽혔다
읽힌 후 정확히
1분 30초 만에 시를 지어냈다

영변의 약산 소쩍새가
머어언 그리운 바다 성산포로 날아가
그립고 아쉬움에 가슴 조이며
그리움이 없어질 때까지
저 섬에서 한 달만 살자고
나 보기가 역겹지 않을 때까지
해삼 한 토막에 소주 두 잔을 마시고는
죽어도 아니 눈물 흘리며
사뿐히 즈려 날려다가
먹구름 속 우는 천둥소리에 놀라
방파제에 앉아 그렇게 울었나 보다

붉은 찔레꽃

더운 봄이 흐트러뜨린 꽃 피는 순서
개나리 목련 진달래 벚꽃 조팝나무
꽃이란 꽃은 모두 다 동무해 피었는데
유독 가련하게 매달린 목련에 취했다가
뾰족 찔레 가시에 종아리를 찔렸다
흰 바지 뚫고 나온 몇 방울의 피
성질 급한 붉은 찔레꽃이려니 했다
모두들 피니
나도 피고 싶겠지

겨울 숲

바람은 어둠 따윈 개의치 않는다
볼때기 시리게 쌩쌩 때리는데
숲이 "잘 있었냐?" 묻는다
그 길고 추운 고독 알 것도 같고
그냥 휙 지나치기 미안해
그래 너는 어때 하고는
이 얘기 저 얘기 주고받는데
황색 점퍼 입은 노인이
지팡이 짚고 낙엽 부스러기를
발끝에 질질 끌고 지나간다
햇빛은 어두운 숲을 포기하지 않고
하늘 향해 벌거벗은 나무 꼭대기에서
소리 없이 웃으며 서성인다
빨간 바지 파란 파커가 어울리는 여인이
검은 선글라스로 어둠을 더하면서
내게 가벼운 목례를 하고 스쳐 지나간다
숲은 저 여인하고도 말하고 싶어
나무 몇 그루를 흔든다
숲을 빠져나왔지만

노인은 아직 멀리 가지 못했다
돌아본 숲이 표정 없이 잘 가라 손짓이다
바람은 여전히 차다

! ?

길을 걷다
곱게 핀 자줏빛 붓꽃만 마주해도
고운 님 만난 듯
코를 대고 눈을 맞춥니다

연탄불에 빨갛게 구워진
돼지불고기 안주 삼아
벗과 마시는 소주 한 잔에도
웃음꽃이 환하게 핍니다

1박 짧은 여행 중에도
마주치는 풍경들 모두가
볼수록 새롭고
시끌시끌한 시골 장 허름한 의자에 앉아
국수 국물을 후후 불어 목에 넘기는데
부족함 없어 보이는 아주머니

"모자라면 말씀하세요!"
"더 드릴게요!"

내가 더 넉넉해집니다

천지사방에 피는 게 꽃인데
새삼 왜 눈을 맞추고
선술집 돼지불고기 한 점에
무슨 행복한 미소가 나오고
그깟 시골 시장 싸구려 국수 한 그릇에
뭔 감동을 그리도 받나?

!
?

돈 많고 시간 많은 저 사람은
왜 모든 게 이리 시큰둥할까요?

순환循環

치근거리는 이슬 몇 방울쯤이야
싱긋싱긋 흘려버리는 도도함을 더해
한여름 밤의 사랑 꿈은 온통 별이다
빛나고 화려한 것들만 보인다

지속될 것 같은 환희의 날들이 지나고
차가운 어둠의 날들이 다가왔다

순환이 숙명인 생명들은 시리고 아팠다

참고 또 참아 보니 고통도 익숙해졌다
주검도 충분히 가벼워질 듯하다

가볍게 떨어지는 저 낙엽도
한때는 물 머금은 숙녀였다

치근거리던 이슬 몇 방울쯤이야
싱긋싱긋 흘려버리는 도도함을 더해
한여름 밤의 사랑 꿈은 온통 별이었다

빛나고 화려한 것들만 보였다

기억해야지 다시 올 그날들을 위해서

그대가 견지하는 침묵의 의미는

판단의 유보이고 관망하는 중인가
행여 그대의 삶이
지친 여행 끝에서도 찾지 못하는 절망의 길처럼
지독한 고독 끝에 찾아오는
춥고 시린 배고픔이
침묵 구도의 방편과 도피가 아니기를

돌이켜 그대가 그간 뱉어낸 언어들을 기억해보면
경계를 넘나드는 정돈된 지식을 바탕으로 한 신사다
움과
확고한 신념으로 소나기 퍼붓듯 쏟아 냈던 벅찬 열정들
그것들이 지금 내 기억엔 어제 일처럼 생생한데
그대의 침묵이 가슴 저리게 안타까워
잠시의 휴식을 위한 위장이려니 생각하겠네

한두 해 겪어본 것도 아니니 제발
단풍과 곧 떨어질 낙엽을 핑계 삼지 말고
추운 겨울도 너무 두려워 마시게나
나도 새봄까지는 그대 따라 침묵하고 싶지만

인내로 가장하여 나를 속이려다
솔직히 정말 내가 속을까 그게 무섭고
그렇게는…. 내겐…. 너무 힘이 든다네

이렇게 침묵을 깊게 생각하는데
베란다 밖 저 우라질 까치란 놈은
아침부터 왜 이리 푸다닥거려 소란스러운지

도심의 슬픔

네모 반듯한 아파트 빌딩들 가득하고
살이 집기들조차도 다들 각진 것투성이
무엇보다 직선만이 우선하여
쉬고 숨 쉴 둥근 숲들이 하나둘 사라져 가고
단거리 육상 선수처럼 앞만 보고 질주하는 사람들
멀쩡하던 사람이 거리에 쓰러져 신음을 해도
아예 관심이 사라져 간 이기적 공간에서는
그저 죽어 떨어지는 낙엽 같은 하찮은 생명일 뿐
누군가를 가슴 속으로 사랑해야 하는 일조차도
저울로 그 무게를 정확히 재고
그 균형이 딱 맞을 때
그제야 입을 맞추고
계약서상의 의무적인 배를 맞춘다
여유 속 굽어져야 생기는 낭만은
그저 헤프고 천박하다 비난할 뿐
달이 차고 기울어짐과 별을 헤아린 적이 있는지
한낮 구름의 느린 움직임은 얼마나 능청스런 자유인지
깊지 않은 산속 새벽 샘물 한 바가지 입에 물고
우르르륵! 입가심으로 뱉어내는 그 상쾌함을 아는지

아무리 이러한 순수를 소리 높여 부르짖어도
세상모르는 철부지 노릇이라 질시나 받으니
너나없이 만날 일 없어 생겨 난 고독에 더 슬퍼진다

간만 보다 가는 에고이스트

너무 잘난 사람들
너무 있는 사람들
시건방지고
혹여 가진 거 빼앗길까 보아
옛 친구는 떨거지라 애써 잊고
이 사람 저 사람 새로 사귈 생각만 하고
짠가 매운가 신가 쓴가 단가
슬쩍슬쩍 골고루 핥아 보고는
제 간에 안 맞을라치면
언제든지 뱉으려 합니다

미역국에 몇 방울 떨구기만 해도
감칠맛이 입안 가득 사르르 혀를 감는
오래 묵은 간장 맛같이
벗도 그냥 웃어주는 오랜 벗이 좋습니다
큰소리로 호들갑 떠는 이들이야
퍼먹고 노는 술자리에서나 좋지요

소쩍새 소리 저만치 들리는 숲길 홀로 걷다

홀연히 떠오르는 그리운 친구
맛난 음식에 향 깊은 술잔 앞에 두고
간절히 함께 나누고 싶은 친구
보고 싶다 보고 싶다 중얼거리다
나도 모르게 눈물 나오게 하는 친구
이런 친구 하나 있으신지요?

그저 내 새끼 내 마누라에 부르르르!
자신만 모르는 끝 모를 에고이스트
까짓거 잘나야 내가 얼마나 잘났고
있어야 얼마나 내가 있겠습니까

눈 감겨 숨 그쳐 칠성판 누울 때는
생쌀 몇 알 물고 노잣돈 몇 닢에 묶이는 건
결국, 다 같은 것을

사람 나름

여기저기 다니는 걸 좋아하지만
이 사람 저 사람 사귀는 건 좋아하진 않는다

물구나무서서
"지구를 들었다!"
큰소리치는 사람을 이해하려 노력하지만
하하! 함께 웃어주지는 못한다

자주 만나는 오랜 친구라고
꼭 유유상종은 아니다
놀러 가기, 술 마시기 같은 하찮은 일에도
다투기 일보 직전까지 간 적도 많다

어쩔 수 없이 얼굴 닮은 형제지간에도
다 제 잘난 맛에 다르긴 마찬가지다
세상은
셋만 모이면 의기투합
친목회 만들어 회비를 걷고
형님 동생 부르다

슬쩍슬쩍 뒷담화로 씹는 재미로 사는 거다

나는
이런 것들이 싫은 병에 걸렸다

여름 장마 끝난 날
뭉게구름이 그린 몽환적 수묵화와
화려한 단풍 그냥 보고 즐기면 되는데
그 몽환과 붉은 미소 속
죽어가는 자의 슬픔이나 생각하는
축제 속의 예비 문상객이다
그래 너 잘났다
애당초 고상하거나 고귀하지 않음 잘 아는
나 자신에게 욕지거릴 한 적도 있다

아직도 하루하루 머고사는 게 버겁게 느껴질 뿐이디

익숙한 사람들과
익숙한 장소에서

익숙한 언어로
적잖은 이야기 나누며 살아오고 있다

저 사람이 그런다고
이 사람이 저런다고
그리고 저러고는 살지 못하겠다
물구나무서서
"지구를 들었다!"
이런 말은 정말 못하겠다

다 사람 나름이다

4부

내가 사는 이유 열 가지

쓸수록 어렵다는 생각이지만 누군가와 공유하기 위해
시詩 쓰는 일

늙어 가는 아내가 구워 주는 스테이크에 코냑 한 잔 마
시는 일

IT 컴퓨터 AI 발달을 지켜보다가 슬쩍 꼽사리 끼는 일

갓 구워낸 따끈따끈한 빵에 엔초비 바르고 치즈 얹어
커피 내려 먹는 아침

아무 때나 이물 없는 벗을 만나 낮술로 막걸리 마시기

봄날 아침 풀섶 이슬바심하다가 살며시 고개 쳐든 봄
꽃 만나기

버스 타고 기차 타고 걷기도 하다가 모르는 누군가에
게 말 거는 여행하기

힘들고 짜증스럽게만 느껴졌던 세상살이가

점점 더 긍정의 시선으로 다가와 절대 나이 물리기 싫어지는 현상

90마일의 슬라이더와 96마일의 컷 패스트볼을 꽂아넣는 투수가 수두룩한 메이저리그 야구 보기

눈비 오시는 게 너무 좋아…. 누가 볼까 부끄러워 홀로 눈물 흘리기

못생긴 한국 남자

베를린 카이저 빌헬름 교회 앞에서
리시버를 통해 우리말 안내가 나오는
태극기가 그려진 시티투어 버스를 탔습니다

승객들로 꽉 찬 2층 버스에는
독일어 영어 불어 등의 각국의 언어들이
어설픈 이방인의 멍청한 귀로
질서없이 밀려들어 왔지요
바로 이때 뒤쪽 어디에선가
익숙한 나의 언어를 속삭이는 여인들의 말들이
다른 언어들을 다 내쫓고 반갑게 귀에 쏙쏙 들어왔지만
그 말에, 그녀들의 그 말에 실망했지요
"여긴 버스 기사도 어쩜 저리 잘생겼냐!"

못생긴 한국 남자는 공연히 부아가 끓었습니다

빛과 그림자

어둠으로 뭉개진 그림자는
죽음을 위장한 채 잠시 사라졌다

시간은 세월 속의 작은 몸짓들이다

어차피 반복될 각각의 생명은
브레이크 없는 속도를 지녔다

빨리 들어온 것들이 빨리 사라졌다

빛은 어둠을 싫어하는 것이 아니라
세상의 평등을 향한 것이다

게으름은 단지 움직임이 더 커진 톱니바퀴다

피었다 시는 것들 모두는
기쁘고 슬프고 아프다

저기 터널을 빠져나온 기차는 빛을 더하고 있다

유구무언

십여 년 만에 만난 친구가
대뜸 묻는 말이

"너 시 쓴다며?"

'소이부답笑而不答 심자한心自閑'
대답 대신 싱긋이 웃으며
이백을 흉내 내려는 순간

"그래서 니가 돈을 못 벌었구나!"

그냥 난 유구무언이었다

해빙기

검고 붉게 성긴 딱지가 완전히 아물지 않아
피 흘리던 통증의 기억 여전히 어제의 일이지만
새살이 차가운 얼음에서 살아있었다는 사실이 고맙다
찢어지고 터졌던 원인을 지금 다시 분석한다는 건
대차대조표의 차변과 대변 같은 비즈니스적인 것
구름 일고 바람 불고 눈비 내리시는 일에 겨우 티끌 하나
죽도록 미워하고 울다가도 다시 다가온 사랑 한 방울
꽁꽁 얼었던 빙하의 바다 향한 눈물 같은 거
녹아 툭툭 떨어지는 처마 끝의 고드름 같은 거
그럼 됐다

밑천

그간
입고 먹고 다닌 세월이 얼마인데
정작 찌울 건 안 찌우고
정말 지닐 건 생각 없이 버리다가
순간의 쾌락에 물든 게으름이
규칙을 까맣게 잊은 채 흐물떡거리는데
땟국에 절어 나달나달 해진 옷자락들이
하잘것없이 식어버린 속내만 긁어댄다
모처럼 큰 호흡 자위 아닌 자위로
사는 게 다 그런 거지…
사는 게 다 그런 거지…
짧은 밑천 다 드러났는데도
헛기침에 모른 척
점잔이라도 빼 볼 양으로
에헴! 에헴!

지나가는 강아지가 킥킥
배부른 참새도 조잘조잘

바람의 허업虛業

바람이 몰고 다니던 재물을
촘촘한 그물망 덫 놓아 빼앗았다

집 한 채 장만하니
밥술이나 먹나 싶어
술잔 채워 웃는 척 마셨는데
몇 잔이나 마셨을까
태평세월을 시기한 바람이
큼직한 갈고리 몇 개로
집도 술도 콕콕 찍어 날려 보냈다
바람의 복수!

놀라거나 호들갑 떨 일은 결코 아니었다
그래 봤자 본전치기라 생각한 나는
나이 듦을 핑계로 더 이상 덫 놓는 일을 포기했다

팔랑거리는 날개를 세 개나 달고
바람 타고 날아가는 가오리연이 되었다

바람이 연줄을 끊어주리라 믿었다

잘못된 기억으로의 여행

익숙함조차도 전기분해로 변형된 연기演技일까
거기엔 커다란 푸른 소나무가 여러 그루 있고
화양연화花樣年華 속 입가 고운 여인이 날 보고 웃고 있다
손잡고 따라 웃는 내 얼굴이 낯설지만
생각해 보니 전혀 아니었던 건 아니다
(지금보다 훨씬 젊어 보이는 건 사실이다)
높지 않은 겸손한 산 아래
산 닮아 얌전한 개울이 흐르고 있다
아침을 비추던 해도 잠시 쉬러 구름 뒤로 숨었다
사람들이 내게 몰려와 뭐라 말을 건넨다
표정이 모두 밝고 조금의 성냄도 없다
한가운데 주인공이 되기 싫었던 내게
도대체 이게 뭔 일?
잠시 무심無心으로 내가 나를 본다
뭐라 껄껄대며 나도 그들도 웃는다
하늘이 부슬비를 촉촉이 내린다
평화로운 흑백 세상으로 천천히 변해간다
사방이 느릿한 춤사위 같은
한 폭의 아늑한 풍경화다

그 속에 내가 있다
이 기억의 옳고 그름을 생각하지 않는다
거기가 어디였고
저리 행복했던 내가 있었나?
잘못된 기억이라 굳이 부인하기는 싫다
내 연기의 끝이
이런 꿈이라면 얼마나 좋을지…….

봄 뻥쟁이

노들나루 능수버들
축축 늘어지던 날
울 아부지

강 건너
문안 다녀오시면서

광화문에 소나기 쏟아져
사꾸라가 다 떨어졌는데
노량진은 햇볕 쨍쨍하네

가만히 듣고 있던
고물상집 대머리 홍씨 아저씨 왈
고향에서 소 몰아 밭갈이하는데
소 등짝 딱 반만 비가 옵디다

어린 내가 듣기에도
봄 뻥이 셌다

봄나들이 나선 푸른 새벽
아파트 화단 흰목련
열다섯 소녀 봉긋한 젖 몽우리처럼
고개 빼꼼 내밀어 수줍었는데
깜깜 밤늦은 귀갓길
화단 가로등 불빛 아래
휘영청 농익어 바람에 출렁이는 게

단골 순댓국밥집 아줌니 젖통이네
뻥이 너무 센가?

편견Prejudice

먼저 고백하건데 이종교배에 대한
유전자적 현상을 인정하기 싫었습니다

하나에 더한 둘이 다섯이 되고
여섯이 되고 열이 되고
백이 되는 세상에서
지금은
가설假設을 믿기 위해 노력 중입니다
나이 예순 넘은 지 좀 됐습니다

저기 저 사람 말입니다
보기 싫은 어떤 얼굴을 닮아
볼 것 없다 말도 안 섞고 살다가
이 역시 가설을 신뢰하기 시작하면서
가만가만 다가가는 중입니다

물기 빠진 단풍은 이미 죽었습니다
세상에 향기 없는 생명은 없습니다
그렇지만…

불사르며 내는 흰 연기는
불멸의 내음입니다

둥근 지구에서는
그 쪽 사람들은 없습니다

뼛속 고정관념을 무시하고
변신하는 데 주저함이 없어야지요
이리 다짐하고 있는 중입니다

* it's never too late to give up our prejudices (H. Davis Thoreau)

봉원사 댓돌에 앉아

학생 술집 병원 자동차
이들이 질러대는 신촌 소음을
안산에 걸린 노을이 말없이 품어줄 때
고만고만한 연립주택이 늘어선 언덕을 올라
인적 끊긴 봉원사 칠성각 댓돌에 앉았는데
꽃 진 산수유나무와 숲 사이에서
파랑꼬리물까치 한 마리
푸드득 푸드득 저만치 날아갔다가
다시 오길 반복하며
손 내밀면 앉을 듯이 나를 맴돈다

이 절집 공양으로 1925-1927
허기진 유년을 신세 졌던 아버지 현신인가

초등학교 여름방학을 여기서 지냈던
내 기억 속 1962~1964
목탁을 두드리며 새벽 예불하시던
남양 홍氏 스님 할아버지 혼백으로 반기시는 말씀이

"이놈 산이 왔구나!"

벌떡 일어나
두 손 모아 합장으로 드리는 말

"예! 새절할아버지 산이 저 왔습니다,
곡차 한 잔 올리겠습니다!"

사늘한 바람이 처마를 타고 어둠을 불러왔다
파랑꼬리물까치의 수선거림도 잦아졌다

* 어린 시절 봉원사를 우린 '새절'이라 불렀다. 부모 잃은 두 형제(아버지 작
은아버지)를 거두어 키워주던 남양 홍氏 양할머니가 노량진 논두렁 루핑
집에서 삯바느질로는 애 둘 먹이기 너무 힘들어 스님 동생이 있는 새절에
데리고 가서 중 만들어 주시게나! 그러면 애들 밥은 굶지 않겠지! 하고 말
겼다. 그 은공으로 살아가는 아버지는 나를 데리고 새절에 가시곤 했고,
여름방학이면 나도 세브란스 뒤 언덕길을 올라 새절에 갔었다.

113

바람은 한 번도 내 편인 적이 없었다

배를 띄우려니 너무 흔들렸다
산을 넘으려니 폭풍이 불었다

나태하지 않으려 쉴 새 없이 움직였고
비슷한 세포와 모양을 더 경계했다

운명이란 누군가에 기댈 것이 아니니
봄가을과 여름겨울을 구분하지 않았다

눈비가 오셔도 내색하지 않았고
꽃이 웃어도 모르는 팍팍한 삶이었다

밤하늘 달 별 따위를 비웃다 가게 된 정신과
석 달 치 불룩한 약 봉투를 갈기갈기 찢었다

화를 참지 못하는 병 역시 만성이지만
어르고 달래며 살다 보니 시나브로 사라졌다

내 손으로 만들고 내 발로 비벼진

쉽지 않았던 재화만을 꼭꼭 품었다

늘그막에 든 정신으로 웃고 살아야 하는데
찡그린 얼굴 깊게 팬 주름의 나쁜 버릇은 못 고쳤다

외롭다! 외롭다!
뱃살 처지니 팔자 좋아 나오는 엄살이다

사는 게 다 바람이라고 누군가 말했지만
바람 안 타고도 이만큼 살았다

절대 잘난 건 아니다
지지리 못난 건 더 아니다

배 띄우고 산 넘으려 바람에 아부하는 일
진즉부터 안 했다

또, 길을 가렵니다

이만하면 다 온 줄 알았는데
아직 갈 길이 남았습니다
이런 적이 처음 아닌 게 다행입니다
항시 당황스럽지만
지금 같은 실망에 익숙해져서
한탄 대신 긴 한숨을 내쉽니다
점점 거리가 좁혀지고 있습니다
물론 지도에는 보이지 않습니다
조금 더 가야겠지요
금싸라기 캐길 바라지는 않습니다
바보가 아니거든요
배불리 먹길 바라지도 않습니다
돼지가 아니거든요
험하지 않은 길섶에 핀 꽃처럼
어느 누구나 그냥 보아도 편안한
그런 편편한 곳이었으면 좋겠습니다
거기서 나지막이 부르는 노래가
숨 쉬고 있는 모두를 위한
생명의 노래였으면 좋겠습니다

보이지 않는 길이지만
곧 보일 거라는 확신으로
또, 길을 가렵니다

은퇴

하늘 구름 한 무더기
스멀스멀 입으로 들어와
애오라지 먹은 김밥 한 줄에
공간 많은 위장을 꼭꼭 채우니
배꼽 주름이 펴지며 움칠움칠
이때 작은 별 몇 개
음속音速으로 내려와
따개비처럼 얼굴에 다닥다닥 붙었다
늘어진 메줏볼이 실룩거려
모처럼 붉은 빛을 띠었다

풋낯같이 지내던 구름에 배부르고
반짝거리는 별이 훈장이 되었다

해설

박산의『인공지능이 지은 시』함께 읽기

보령현인 이성관

　박산 시인의 네 번째 시집『인공지능이 지은 시』가 전송되어 왔다. 산골짜기 외진 곳에서 혼자 살고 있는 나에게 매번 이렇게 손수 당신의 시집을 보내주시니 늘 고마운 마음뿐이다. 그의 첫 번째 시집『노량진 극장』이후 십여 년 넘어 그의 시를 마주해오면서 느낀 점 배운 점이 적지 않으면서도 매번 제대로 된 감사의 인사조차 한 번 드리지 못한 염치없음이 나를 또 부끄럽게 만든다. 그의 시 속에 빈번하게 등장하는 막걸리라도 한 잔 대접하며 무상으로 얻는 시, 외상 지고 사는 시값 한 번 제대로 갚아보고 싶은 마음 굴뚝같기만 하다. 하지만 아직 시간은 남아 있다. 조만간 그럴 수 있을 것이다. 그에 앞서 우선 그의 시가 나에게 전달해 주는 감동의 직관적 사유와 잔잔한 일상적 경험의 언어들을 체험하며 그의 시 속을 여행하고 있는 나의 느낌과 감상을 진솔하게 한 번 이야기 해 보고자 한다. 나는 그의 시들을 이렇게 느끼고 호흡한다.

　원래 비행기를 타고 있는 사람들은 비행기의 속도를

실감하지 못한다. 사람들은 이미 그것을 알고 있기 때문에, 경험하고 확인했기 때문에, 새삼스럽게 되돌아보려하지는 않는다. 기계가 말을 하는 첨단의 시절이다. 단순히 기계가 사람의 흉내만 내는 게 아니다. 사람이 묻고 기계가 대답한다. 아무도 이를 의심하지 않는다. 이제 사람은 기계를 의지하고 살아야 손해를 보지 않는다. 이미 다 아는 이야기이지만, 기계는 사람의 역사나 전통을 의식하지 않는다. 기계는 단지 현재의 극단적 효율의 시간대에만 존재한다.

그 때문이다. 현실 속에 잠입한 기계적 허구가 구조적으로 고정되면 사람들의 삶은 일련의 집단적 환상 속으로 빠져들게 된다. 세상은 환각과 환청으로 날이 새고 저물게 된다. 설핏 달콤하고 짜릿하지만 반드시 부패한다. 근거 없는 합리의 부당한 거짓과 위선이 이중의 착란을 일으키며 몽롱한 사람들의 정신은 더 짙은 오리무중으로 빠져들게 된다. 이때 아스라이 사라져 가고 있는 자신의 인간성을 기억하고 있는 사람들은 세상으로부터 차츰 밀려날 수밖에 없는 처지에 가로놓이게 된다.

때 묻지 않은 감성일수록 쉽게 다친다. 시는 원래 체온 있는 사람들이 영위하는 삶의 미학적 위상에서 언어의 촌락을 이루며 소박하지만 밝고 아름다운 모습들로 존재해 왔다. 외양만으로 치자면 시의 존재는 그저 언어적 환상의 통사적 유희에 불과한 것처럼 비칠 수도 있다. 그러나 존재는 언어의 진실보다 앞선다. 진실에 있어서 존재하는 것이 언어보다 우선하다는 사실은 이미지보다 모델이 우선하는 사실처럼 장님의 눈에도 보일 만큼 확실하다. 때문에 시인이 존재한다는 것은 시의 활동이 전개되고 있다는 점과 일치한다.

하지만 시적 환상이 기계적 환각과 착란하면 시는 피할 수 없이 몸무게를 잃어버리게 된다. 경쾌한 것이 편리하고 좋긴 하겠지만 앞서 말한 기계적 현실 속에서 체온을 빼앗겨 버린 시적 현실은 그리 가볍고 만만한 것이 아니다. 물론이다. 나는 박산 시인이 그 점을 묵과한다든가 고려하지 않고 있다고는 생각하지 않는다.

내가 보기에 시인의 고뇌는 오히려 여기에 있는 게 아닐까. 그의 시는 언뜻 지나치다 싶을 지경으로 언제나 일상에 빈틈없이 밀착한다. 게다가 그는 결코 자신의 시에 의미를 덧칠해서 작품을 생산하지 않는다.—여기서 '생산'이란 말은 약간의 부연이 필요하다.—이것은 그의 시가 의미를 소장하지 않는다는 뜻은 아니다.—그의 시詩에서 유보되고(혹은 결정 불가능한 것처럼 여겨지고) 있는 의미는 일련의 '존재하기'를 통해서 되살아난다. 주지의 사실이겠지만 시의 존재 방식은 시인의 존재 방식을 통해서 표출될 수밖에 없다. 거꾸로 시의 존재 방식을 따라 시인이 존재하게 되는 경우의 수도 있긴 있을 것이다. 가령 「인공지능이 쓴 시」라면 후자의 경우가 맞다.—통상 이를 통하여 상품의 이데올로기적 유통성을 염두에 둔 시, 혹은 문학이 대량 생산되는 구조를 말한다.─아무튼 그는 시를 쓰기 위해 살지만, 살기 위해 시를 쓰지는 않는다.

"쓸수록 어렵다는 생각이지만 누군가와 공유하기 위해 시 쓰는 일"─그의 시 「내가 사는 열 가지 이유」 중 단연코 첫 번째 행이다. 여기서 '쓰는 일'은 노동을 의미하지 않는다. 당연히 그것은 앞서 말했듯 그가 존재하기 위한 당위當爲에 해당한다. 이것은 그의 시가 단순한 경제적 생산물이 아니라는 사실과 통해 있다. 물리적 의미에서의 노동이란 그저 제품 생산을 위한 경제적 행위에 해당하는 반면, 그가 쓴다는 것은, 존재하기 위한 정신적 행위의 노동에 해당한다. 더구나 '누군가와 공유하기 위해 쓰는 일'이다. 이로써 그의 시는 공존을 위한 정신적 당위의 결정체라는 점에 착안하게 된다.

사실 그의 시에는 시적 언어의 환상이 흔적을 감추고 있다. 이른바 문학적 허구나 치장 역시 동일하다. 그가 '쓸수록 어렵다는 생각'을 하게 되는 것도 실은 이와 무관하지 않을 것이다. 원래 쓴다는 일이 그렇다. 물리적으로 가까운 것을 다룰수록 '쓰기'는 더 어려울 수밖에 없다. 그의 모든 시어詩語들은 마치 삶의 본능처럼 일상 속에서 지극히 단순 소박한 기능을 수행하고 있을 뿐이다. 그래서 그렇다. 시가 일상 속에서 존재하기를 원할 때에는 사용되는 언어가 사물의 척도가 될 필요가 있겠지만 그게 말처럼 쉬운 일이 아니다.─일반적으로 시보다 먼저 언어 체계가 확립되지 못할 뿐 아니라 언어는 시보다 정치精緻하지 못하며 정밀할 수 없다. 언어는 시가 될 수 없고 시는 언어 자신이 아니다.—부연하자면 언어는 존재 자체가 될 수 없고 존재의 도구적 혹은 매개적 기능에 국한된다.

그럼에도 불구하고 언제나 그러하듯 그의 시는 일상 속에서, 또는 현재 여행 중이라도 만나게 되는 모든 사람들과 사건들과 현상들과 함께 울고 웃으며 때로 투덜거리기도 하고 때로 빈정거리며 골계와 해학을 다 동원시켜가면서 세속의 야박함을 신랄하게 풍자하는가 하면, 특유의 오래 묵은 낭만이나 서정을 환기시키며 본원적으로 건강하게 존재해야 할 사람의 감성을 불러내서 말을 걸고 대화를 시도하기도 한다. 이때 그가 사용하고 있는 언어의 장악 능력은 매우 각별하다.

이를테면 그는 뭐 특별한 시적詩的 언어나 판타지아가 따로 있다고 생각하지는 않는 것 같다. 그저 지나가는 아무나 붙들고 누구라도 알아들을 수 있는 평평한 어법으로 말을 붙이고 이야기를 시작하면 그게 바로 시라고 생각하는 것처럼 보일 지경으로 거침없고 자유분방하다. 마치 일상 속에 존재하고, 존재해야 할 모든 다반사들이 그를 만나기만 하면 즉시 시화詩化해서 현물로 떡하니 드러나게 될 것 같은 분위기다. 말하자면 '세상에서 박산이란 시인을 만나고도 시가 되지 않을 수 있는 사건 사물 있으면 한번 나와 보시라!'다.

이게 그의 시다. 그의 시는 그와 함께 걸어 다니며 그와 함께 호흡하고 그와 함께 존재한다. 그가 입을 열어 말하기 시작하면 금방 따끈따끈한 시가 되어 맛난 인절미처럼 떡하니 실물로 나타나는가 하면 막걸리처럼 소박하고 구수한 청량감이 상쾌한 바람처럼 나타나서 찌든 일상의 피로를 한꺼번에 날려버리기 일쑤다. 나는 일찍이 사람과 시가 이렇게 잘 어울리는 한 쌍의 커플로 행세하고 다니는 걸 구경해 본 적 별로 없다. 그의 시가 곧 그의 삶이며, 호흡이며 존재처럼 느껴지는 이것은 비단 나만의 착각이거나 착시현상은 아닐 것이다.

그러나 원래 그렇다. 시가 단지 물리적 경험의 교환들로만 이루어진다면 경박하고 진부함을 모면할 길이 없어진다. 사유를 초대할 수 없는 경험은 실로 축소되고 공허해진다. 그래서 아마 그럴 것이다. 시와 함께 존재하는 그의 아토포스 뒤에는 언제나 일정한 분량의 여백이 따라다니는 것을 발견하게 된다.

말하자면 이야기하면서 이야기 하지 않는, 고의건 아니건 아무튼 일종의 은폐 행위다. 사실 감추고 드러낼 줄 모르는 시는 시도 아니다. 은유가 그렇고 환유가 그렇고 대유가 그렇고 상징이 그렇고 역설이 그렇다. 말해진 것들은 반드시 말해지지 못한 것들에게 둘러싸여서 남겨지기 마련이다. 때문에 헹간을 꽉 메워버린 시는 이미 사망한 시이며 말짱 재미없는 시가 될 것이다. 시는 언제나 살아서 재미나게 존재하고 싶고 시인의 일상들은 전부 시가 되고 싶다. 이때 시의 존재는 소통을 통하여 이루어지기를 희망한다. 하물며 존재함의 공유를 전제 조건으로 건너오는 그의 시다. 그가 시를 통하여 선물하는 시적 감흥의 여백이나 어울림의 미학은 자못 내밀한 초월의 공간이 되기도 하며, 그 한편으로는 만남의 몫으로 남겨지는 조붓한 심전心田의 소작지가 되어주기도 한다.

아마 그래서 그럴 것이다. 그의 시는 언제나 품이 좀 넓게 잡힌다. 그는 혼자 있는 걸 못 견뎌하며 언제나 누군가를 불러내서 어울리며 함께 놀기를 기획한다. 그는 가끔 작심하고 밀행을 시도하기도 하지만 사흘을 넘기지 못한다. 시도 만나고 그림도 색칠하고 어우러져서 함께 존재하고 싶어 그예 그걸 이겨내지 못하는 거다. 앞서 말했지만 그런 의미에서 그의 시에서 막걸리는 매우 독특한 미장센을 장식하고 있다. 소박한 세속의 넉넉함을 저절로 풍미하는 막걸리 특유의 주향이 아니던가. 갈 길이 바쁘긴 하지만 여기에 살짝 덧붙여야 할 박산 시인 특유의 감성이 있다. 이 봄철 약간 씁쓰레한 민들레 무침 안주해서 한 사발 마시는 막걸리 특유의 시적 목 넘김이란….

혹여 이것이야말로 진짜 "참을 수 없는 존재의 목마름"은 아니겠는가. 나는 그의 시를 만날 때 마다 늘 이렇게 내 존재의 스스로 발견하지 못하고 있는 부분을 탐색하게 된다. 다시 말해서 그의 시는 아직 발견하지 못하고 있는 내 존재의 어떤 특정한 부분을 정감 있는 따스한 눈빛으로 조명하며 환하게 드러나게 만들어 주는 실제적 효험을 내장하고 있다. 이것은 그의 시를 통하여 만나게 된 내가 있다는 이야기이다. 그의 시 속에 내재하고 있는 흘러가버린 것들, 소박한 인정미, 혹은 향수와 같은 추억들에 대한 아련하지만 따스한 기운 통하고 있는 기억들이 가리키고 있는 지점은 항상 내 개인적 존재함의 현재적 위치를 확인하게 만들어 준다.

사실 그의 시는 그의 시를 마주하게 되는 모든 사람들로 하여금 보다 구체적인 삶을 다시 한 번 살펴보게 만듦으로써 사람들을 본래적 존재의 망각으로부터 보호하고 사람이 있어야 할 자리, 이른바 존재가 있어야 할 존재자 본연의 모습을 가슴 속에 간직할 수 있도록 만들어 주고 있는 것인지 모른다.

이 점을 간과하고 그의 시를 대한다는 것은 에스프리 없는 에스프레소를 마시는 것과 별반 다를 게 없을 것이다. 차가운 생산성 제고의 컨베이어 위에서 오늘도 인공지능은 여전히 시나 혹은 그 이상 고가의 상품을 만들어 내기 위한 딥 러닝을 계속하고 있을 것이다. 그런 점에서 『인공지능이 지은 시』, 표제부터 과연 박산 시인의 시집다운 아우라가 어김없이 번져 나오고 있음을 느낄 수 있다.

"삶과 시와 짬뽕국물"이 서로 어울러서 "허여멀겋게" "맛"을 내고 있는 이 시어詩語들의 질박한 묘미는 그야말로 "십여 년 넘게 시를 쓴" 그가 터득한 시적 현실의 따스한 환상적 오르가슴(박산 시인의 동인들은 시를 일종의 오르가슴으로 본다)에 있는 것인지도 모른다. 도저히 감출 수 없는 이 쾌감의 절정은 자유로운 휴머니즘의 살아 있는 모든 활동들을 일거에 부정하며 시나 문학의 행위 자체를 단지 사회적 생산 과정의 산물 일부로 취급하고 있는 기계적 현실의 안타까움을 넘어서며 그 심술궂은 술래들을 가볍고 경쾌하게 따돌려버리는 속 시원한 재미로부터 주어지고 있는 것은 아닐까. 그래봤자 그게 고작 짬뽕국물 맛에 불과하다고 인공지능처럼 싸늘하게 계측하고 계량하는 사람들이 또 있을지는 모르겠지만….

그러나 세월만 나이를 먹고 사는 게 아니다. 시인도 나이를 먹고 시도 나이를 먹고 산다. 흐르는 시간은 주름 잡힐 시간도 없이 빠르게 흐른다고 하지만 내가 보기에 그의 시는 아직도 젊고 활기차고 의욕 왕성하다. 여기에 경륜의 나이테를 두른 박산 시인의 시는 이제 물처럼 흐르기 시작한 것 같다. 거칠 것 없이 자유로이 흐르는 물이 상선약수가 된다. 맛도 향도 색도 개의치 않고 흐르는 물이다. 이미 사무사한 나날들이다. 시인의 삶이 시가 되고 빛이 되고 노래가 되는 것은 애초부터 그래왔던 시적 존재의 본래적 모습이다.

모처럼 마음을 풀어두고 이야기를 하다 보니 어느새 한정된 원고의 공간을 훌쩍 넘어서 버린 것 같다. 다시 한 번 『인공지능이 쓴 시』의 출간을 축하드리며 더불어 늘 고마운 마음을 함께 전한다. 시와 함께 항상 건강하시길 소망합니다.